jabuticaba

Poesia é risco

DIEGO PANSANI

posfácio por

Paulo Ferraz

1ª edição ~ Edições Jabuticaba
Campinas, junho de 2023

"O quanto meus esforços coincidem com os de outros filósofos, não quero julgar. Com efeito, o que escrevi aqui não tem, no pormenor, absolutamente nenhuma pretensão de originalidade; e também não indico fontes, porque me é indiferente que alguém mais já tenha, antes de mim, pensado o que pensei."

__ Ludwig Wittgenstein

"um poema não é mais
do que uma pedra que grita
risque por favor
esta palavra"

__ Ana Martins Marques

Para Isa, Marina e Rapha:
com vocês a vida se equipara à literatura.

seção..........política

democracia

preto

riscando

o mundo

branco:

propondo

uma coisa nova

23

o
rap
diz apenas para você
dormir
longe das ovelhas

3

a narina
do

touro

cis

cisma.

o vírus
resiste a

facas e flautas

Dos Cavalos

Eles eram muitos

era

tempo de

inimigos,
e

eram
velozes —
das Mortes.

falavam

como fantasmas

da orgânica matéria

no seu chão

diários da agonia.

essa
morte.

já sem nome,

vai passando

o

chucro

retrocesso:

recolhe seus
mortos

de meio século;

antes
a chuva
de
sangue

bailavam
os brancos
especialistas
do cemitério

Nova York, 18 de janeiro de 1930

Durante meses,

ele enunciou

enunciou
enunciou
enunciou

a ciência

a ciência
Ouviram bem?
A CIÊNCIA
que se dane

O preto no branco.

O GRANDE ACONTECIMENTO

Hoje

fervi

O presidente

.

grande dia.

Canto ao Pequeno-Burguês

tempo

de ordem,

nenhum canto:
na

A DEMOCRACIA MENTE PARA VIVER

No entanto, observando
de perto este estado-de-homens,
talvez tenham razão os beneficiários
desta abundância
desta tranquilidade
desta democracia:

pois é chegado o momento,
o agônico momento
da abundância
(mas da abundância
do inacessível)
da tranquilidade
(mas da tranquilidade
das masmorras)
da democracia
(mas da democracia
do privilégio).

Pois, somente, quando
os produtores dispuserem do necessário,
quando os direitos e deveres forem divididos
e a liberdade for a casa de todos os homens,
somente aí
será chegada a hora
da verdadeira abundância
da verdadeira tranquilidade
da verdadeira democracia.

E somente então, o homem
(que apenas tem vivido para ser feliz)
– será feliz – para viver.

(Decisão)

DESAFIO

A terra

da morte
converte-la em poema

ARMA QUENTE

hoje

o real cabe no

futuro?

cabe num soneto

preto

a flor de laranjeira

?

, cartografia

do

teu riso

, de água.

DO AMOR

teu ventre.

um colibri

persa

em minha boca,

4. NÃO SE DIZ O QUE FAZER

(ou o que se é)
a quem deixou o sexo florescer.

Sua cabeça
a prêmio não é motivo para saltar
no abismo.

Ao cumprir a noite, não permite
que levem
suas vértebras
para trás e para diante.

Não deseja a fidelidade dos cães.

Nem para si recolhe os ossos.
Se o fizesse, apenas dobraria a carga.

Ninguém precisa dos mortos.

O dia implora uma abertura
por onde o mar devore os brigues.

Não se diz a quem é

o que fazer.

5. A ÚLTIMA BELEZA

não pereceu. Sob o mapa devastado,
no exame
que decreta a falência.

Inventei, por exemplo, o

POEMA PARA

a a tua mão,

, etc.

a tua mão,

a

a

é o

simples

MENOS QUE A CHUVA

Torrencialmente, um deserto.
Desaba ao som de trovões.
Não molha tudo o que toca
Mas seca tudo o que pensa.
A areia, essa antimatéria
Untada em forma de vidro,
Simula, toda translúcida
– um vidro, feito olhos falsos?
Lá fora a calha responde
Apenas deixa passar.
O jarro pensa que colhe
Aquilo que jorra, e planta.

Saliva engolida a seco
Vertendo aridez nos poros.
São nas poças da chuva
Banhadas de uma poeira,
Lembrando, como quem salva,
O gosto da sua boca.

passava a língua
sobre

o amanhecer,
e o amanhecer era

seu corpo

que ilumina

manadas,
secretas

Meu melhor
poema

erótico
está na ponta

da língua:

a enunciação poéti-
ca

TRANSE

como um equilibrista

até o limite do impensável:
como um tambor,
atravessa

, São Paulo,

trepavam

de manhã.

mel

e navalha

tremem no ar.

GAS DE AMOR

devora

Esta

lira

golpeia

Esta

grinalda

E busque o cu

com paixão

Eu
fazia a alegria de todos

prometi dar a Ariel

Depois do trabalho

o rabo
e amar

Pablo o engenheiro e os operários

iii

Dei a Ariel

e o

Matamos

dia 25 de janeiro

Era o aniversário de

Pablo

SONETO DE ADVERTÊNCIA

amar

é da hora.

SEMPRE

Eu te amo,
Mas amo
todos

ao mesmo tempo

SAMBA EM RE

(com Baden Powell)

você

ama
sem
amor

eu não
amo ninguém

COMO É
QUE

EU PULO

CARNAVAL

SE DEIXEI

A MINHA

FANTASIA

COM VC?

DENÚNCIA

dança,

no meio da avenida;
a

nossa palavra,

relâmpagos

embaixo

do

mar

Quero
o tumulto

que a água.
dá,

para aprender
com a o escuro
em alto-mar.

flutua

a

pedra

num poço

— Pois é:

vive assim

o poema
leva
para dentro
caixas de tulipas

cercadas de água

Canção de maio

A noite
enverga

o
Lírio

escuro.

A lua

quieta

E
Úmida

na boca

do peixe

Regresso

a história,

das gaivotas,

galopa por aí

um par de Adidas,

rindo,

causa estrago

GRAPHOPHOBIA

milagre,

poder alongar-me

em teu

azul

teus olhos

*

Eles são

vulcões

de planetas

abandonados.

11

nas axilas

você há de desvendar/

vitórias-régias

na garganta.

a solidão
dançava

*

e aprisionava
as vozes
invisíveis,

da seiva

do
silêncio

*

silêncio

oblíquo

alfabetos

da pedra

*

tatuado pelo rio

a surda

que

vivia só ouvindo

o ritmo

do

naufrágio

a mulher gorda

nas

MULTIDÃO E

as últimas bicicletas

no veleiro japonês

partiam os corações

O QUE DANÇAS?

chamaremos

corpo

toda música —

para além da consciência:

MENINA AFOGADA NO POÇO

(GRANADA E NEWBURG)

As estátuas sofrem pelos olhos com a escuridão dos ataúdes,
mas sofrem muito mais pela água que não desemboca.
Que não desemboca.

O povo corria pelas ameias quebrando as varas dos pescadores.
Depressa! As margens! Depressa! E coaxavam as estrelas ternas.
...que não desemboca.

Tranquila em minha recordação, astro, círculo, meta,
choras pelas margens de um olho de cavalo.
...que não desemboca.

Mas ninguém no escuro poderá dar-te distâncias,
sem afiado limite, porvir de diamante.
...que não desemboca.

Procurem

latitudes

sobrenaturais —

O RISCO DO BORDADO

Poesia é

risco

e o futuro,

bordá-lo.

TRÊS DERIVAS

I – O mar e o céu

Enquanto afundo, tudo é leve e denso,
Na superfície jaz cada lembrança
E surge uma memória nova, dança
Em tom suave a cada vez que penso.

Enquanto afundo, sinto-me suspenso
Nos braços d'água, feito uma criança
Que aceita a novidade e não se cansa,
Vulcão que queima sob o mar imenso.

Enquanto afundo, o barco é já distante
Escombro. Sobrevôo nos ilhéus,
Nas ondas da maré de lua minguante.

Pareço ser um deus vindo dos céus
A todos seres deste estranho mundo,
Tal anjo, desço à terra enquanto afundo.

ARMA

Decidi não cantar

e a escolha é minha,

aprendi a

cometer
Performance
e performance

vive

só fora do verso

O POETA

te quero
oculto

igual
as palavras

nos violinos!

canções

ó

é

o canto contra
o

canto
que procuro

Para o Willy Corrêa de Oliveira

O pássaro chinês
Deixou as mãos
Do artista encantado,

Voou por oceanos
Esquecidos dos grous,
E, mais saudoso que cansado,

O aventureiro,
Pousou com espanto,
Entre o santo e o tinteiro,

Onde agora vigia,
Seu sábio coração
De madeira da China.

AVE,

a ave canta

o canto
não consegue parar
o mar.

O canto
fazê-lo
em cópia
se
vingando,

cria

a liberdade

inventa
a tua missão.

e
segue.
E traia

Nós que nascemos ontem,
No quarto dia do sexto mês,
Do segundo ano do novo milênio,
Na era cristã, neste lado do mundo,
Após o trabalho, viemos apreciar
Os muitos nomes da luz.

Sente-se a distância em cada um:
Beijing,
Tsingdao,
Wuhan,
Pamir.

No cigarro depois do almoço,
No rosto da menina *uighur*,
No traço de um cartaz em Kashgar,
Na pedra escrita em Guilin.

Contudo é possível voltar à China:
De bicicleta,
ouvir palavras de dez mil anos,
E subindo o Himalaia
chegar a Shangri-lá.

Tenho andado com idéias aéreas,
com idéias embaraçadas nos cabelos
(que tenho de cortar mas nunca me lembro),
esqueço datas, nomes e antepassados,
com a caneta na mão ando em todas as direções
anotando vidas alheias à minha
numa lógica que não é a minha e que acredito
não seja a das pessoas com quem converso,

imóvel, sentindo o chumbo das limitações
fico com aquela cara das pessoas que estão na rodoviária
preso ao chão por malas, trouxas e crianças
mas levitando solto, muito solto,
ao lado de um foguete que está a quilômetros dali.

entre eu, a viagem e o preço da passagem
permaneço disperso, muito disperso,
na linha de produção que me fabrico.

mude
de

felicidade.

troque

o pintor
da

realidade

71. A ~~pobre~~ celebridade

uma voz
numa praça

No humus da composição

a flor
cura a semente.

ARCO

A pedra o sabiá a palmeira escritos a giz são uma linguagem em preparação. Como faltar ao acordo que o tempo lhes impõe, se vivem um na sela do outro? Palavras lutam na carne de quem telegrafa. O escrito é a indagação do alvo, impossível batizar as iras do texto. Desde o começo, assentamos numa família que nos sangra e nem só com letras se nomeia. A pedra o sabiá a palmeira riscados para explicar o mundo nos escapam. Nada adivinhamos nessa mata, embora nos prenda um endereço visgo. Por ofício seremos anúncio de linguagem.

Profecia

um tigre

colhido no ar
pela ave

sem timbre

O AUTOR

Um tigre na [illegible] *poesia* [illegible] *demanda*[illegible]

[illegible]

2[illegible]

[illegible]

[illegible] *modos de pensar,* [illegible]

[illegible]

[illegible] *religião e* [illegible]

[illegible]*dentes.* [illegible]

um enigma

cretino
é assim:

é
perverso
se integra na luz
e parece ter asas

Meu solo

eu fiz

Nas tempestades

30

quem é você
sou esta imitação
de poeta
e hei de
preso ser

5

o poeta se atira no vazio
pendurado num guarda-chuva
do último andar da Torre Diego Portales

6

o poeta se entrincheira no Túmulo do Soldado Desconhecido
e dali dispara flechas envenenadas nos transeuntes

7

o poeta maldito
se entretém atirando pássaros nas pedras

Ato sedicioso

o poeta corta as próprias veias
em homenagem a seu país natal

POÉTICA

(DE VIVA VOZ A G[ERARDO] D[IEGO])

MAS o que vou dizer da Poesia? O que vou dizer destas nuvens, deste céu? Olhar, olhar, olhá-las, olhá-lo, e nada mais. Compreenderás que um poeta não pode dizer nada da Poesia. Isso fica para os críticos e professores. Mas nem tu, nem eu, nem poeta algum sabemos o que é a Poesia.

Aqui está; olha. Tenho o fogo em minhas mãos. Eu o entendo e trabalho com ele perfeitamente, mas não posso falar dele sem literatura. Compreendo todas as poéticas; poderia falar delas se não mudasse de opinião a cada cinco minutos. Não sei. Pode ser que algum dia eu goste muito da má poesia, como gosto (gostamos) hoje, com loucura, da música má. Queimarei o Partenão durante a noite, para começar a erguê-lo pela manhã e não terminá-lo nunca.

Em minhas conferências tenho falado às vezes da Poesia, mas a única coisa de que não posso falar é da minha poesia. E não porque seja um inconsciente do que faço. Ao contrário, se é verdade que sou poeta pela graça de Deus – ou do demônio –, também é verdade que o sou pela graça da técnica e do esforço, e da minha percepção absoluta do que é um poema.

Canção terrível

Dentro

?

Ouço gritos

CÚMPLICE

por debaixo da roupa

me habitam,

páginas de literatura
alheia

fui notório.

Chamei-me

geógrafo

da metrificação;

Para atingir o céu

Arthur Lungov é poeta e editor de poesia da *Lavoura*, revista de literatura contemporânea. Formado em Direito pela USP, atualmente é graduando em Letras pela mesma universidade. É autor de *Luzes fortes, delírios urbanos* (Patuá, 2016) e da plaquete *Anticanções* (Sebastião Grifo, 2019). Seus textos foram publicados em coletâneas e revistas literárias. Foi curador convidado da Casa Philos na FLIP 2018 e na Cadeia Literária na FLIP 2019.

gênio
ontem amanhã copista
sem recato

Agora

exponho

a imaginação

reconquistada
dos meus rivais,

meu intento é evitar

que todos descubram

a mesma padaria

SOLUÇÃO

tentar

o
ensaio

de

minha ausência

como se fosse outra

esta loucura

E em verdade

O ÚLTIMO POEMA

meu último poema

somem

sem explicação.

MEDITAÇÃO

em pleno Oceano

Refazer-se;

FONTES DOS POEMAS

Os poemas desta antologia foram extraídos de:

Livro

“Candom-
be”; “Tambores”;

“Cânhamo

outros ritmos “Salvador”; “Ouro Preto”;

“Postais” excelentes”;

“Conhecimento de vida”; jo-
go ; “Diário”; ruínas”;
“Rebojo”.

orelha furada
rigoroso trabalho” da
palavra” com a palavras
vivas .

“Camelô e queijo”; “
“Igrejas

Veludo azul”;
“Peixes”; festa”;
“Cartas”.

VOU EMBORA

Vou embora

feliz

e demente

de bicicleta

contar as histórias

da

outra civilização

A TRÊS HORAS DE SONO,/ MAIS ALÉM DOS SONHOS, NAS SECRETAS CÂMARAS/ QUE A MORTE REVELA. ENTRE MONSTROS FEITOS/ A TINTA DE ESCREVER

É preciso derrubar a quarta parede da poesia. Pode parecer uma afirmação despropositada, todavia, a despeito da profusão de transformações técnicas e conceituais que inúmeras vezes reafirmaram a autonomia da arte em relação à realidade, vez ou outra é na poesia que parece concentrar-se a mais refratária recusa de abandonar as formas mais convencionais de sua manifestação. Isso não significa que não hajam experiências paradigmáticas; pelo contrário, algumas abalaram conceitos há muito consolidados, abriram novas trincheiras na produção e foram devidamente acolhidas pela crítica. Entretanto, curiosamente, a percepção geral é a de que, depois da introdução do verso livre e do uso mais corrente da coloquialidade, pouca coisa mudou ou foi efetivamente assimilada pelas sucessivas gerações de poetas ao longo do último século.

Grosso modo, a poesia permanece refém de uma visão que a reduz a uma expressão elegante e figurada do pensamento. Da mesma forma que no teatro foram necessárias inovações que questionaram o ilusionismo, deixando explícito para a plateia que no palco – ou para além dele, já que a dramaturgia também não poderia ficar restrita a um espaço físico – o que havia eram atores conscientemente se movimentando para provocar tal ou qual sensação estética ou intelectual, amparados pelos variados recursos cênicos, sem a pretensão de simular uma realidade, na poesia é igualmente imprescindível que se veja o poema como um conjunto de procedimentos técnicos em torno da linguagem verbal ou não verbal e não como uma manifestação pura e simples do eu-lírico. Aí está, em suma, o eu-lírico é a nossa quarta parede.

Diego Pansani é um poeta mais que consciente dos desafios por trás da construção de uma poesia divorciada da retórica (ou seja, das técnicas de embelezamento da linguagem com um fim persuasivo, ainda que sensível), dessa necessidade de convencer o leitor por meio de alguma fórmula encantatória, o que no fundo não altera a natureza comunicativa do texto, mesmo que fantasiado de poema. Já na primeira metade do século passado, Mário de Andrade celebrava que os poetas posteriores ao Modernismo haviam conquistado o "direito de errar", ou seja, a possibilidade de investigar novos caminhos, mesmo que acidentados, longe da segurança da tradição. Estar sujeito ao erro, longe de ser uma deficiência, é uma virtude do poeta, o que há de ter, décadas depois, inspirado Augusto de Campos, ao transpor seus poemas para o suporte musical, a acrescentar de maneira sintética, poesia é risco. Atento à polissemia dessa expressão, Pansani intitula seu novo livro justamente de *Poesia é risco,* o que não apenas nomeia um conjunto de poemas, mas insere seu autor nas fileiras dos poetas que desafiam a convencionalidade.

Seus dois livros anteriores *Amador* (2018) e *Nenhuma poesia* (2019) já apontavam para uma inquietação formal e uma tendência a um experimentalismo que desafiavam a concepção quase sobre-humana da natureza criativa da poesia. Desses livros, podem ser citados uma série de exemplos de poemas que se contrapõem à suposta centralidade do "gênio", uma figura longeva da literatura ocidental, opondo-lhe a importância do olhar, do deslocamento, da montagem e outros recursos que não se enquadram na ingênua ideia da inspiração, critério que os grandes poetas do verso jamais sustentaram, exatamente por ter consciência de sua fragilidade. Poesia, seja qual for, é artifício, ela pode até empregar a mesma matéria prima que utilizamos em nossos diálogos ou textos prosaicos, a palavra, porém sua natureza, apresentação, comportamentos e finalidades são distintos. A fala deveria estar para a poesia como a realidade está hoje para as artes plásticas. Já foi importante, mas há mais de cem anos deixou de sê-lo. Lembremos de Magritte escrevendo na tela *ceci n'est pas une pipe*. As palavras no poema comportam-se como as tintas na tela, simples assim.

Não há como se desvencilhar da questão mais evidente que Pansani suscita com seu novo livro: a dúvida em torno dos limites da própria ideia de criação e autoria. Para aqueles que veem o poema como uma forma ritmada e figurada do pensamento de um autor, é bem provável que a reação diante de *Poesia é risco* seja de contrariedade, afinal, para esses leitores o poema é o próprio eu-lírico, ou seja, não é um objeto posto no mundo, mas a manifestação de uma individualidade, logo, pertence unicamente àquele que o escreveu. Quem se insurge contra essa indissociabilidade sabe o risco que é enfrentar a intransigência de um tabu. Curioso é que o mesmo raciocínio não parece contaminar as demais artes ou, ao menos, não em um grau tão exacerbado. Uma foto não se confunde com o fotógrafo (nem mesmo com o fotografado, indo um pouco mais além), assim como uma estátua não se confunde com o escultor. Mas, então, por que o poema se confundiria com o poeta? Por que ao criar o poeta haveria de extrair exclusivamente de si próprio palavras que já existem no mundo espalhadas nos mais diferentes suportes? Nos cartazes, nos artigos de jornal, nas mensagens no *whatsapp*, nas respostas automáticas de um aplicativo, nas receitas, nos resultados de um buscador, num poema... as palavras estão em nossa estrutura de pensamento, mas também estão fora, portanto, o poema também. O que é preciso é ter a percepção para encontrar as palavras, compreender seu mecanismo de circulação, ordená-las e dar a elas um sentido ou vários.

Numa abordagem inicial, podemos inferir que o princípio poético de Pansani é reagrupar vocábulos já impressos e que, portanto, já foram empregados pela vontade de algum eu-lírico nessa ou naquela metáfora, mas que ainda mantém em seu âmago seu estado de dicionário anterior, podendo ser ressignificados por meio de uma sintaxe espacial nascida do apagamento do seu entorno. Ele próprio aponta o caminho ao sinalizar: "preto riscando o mundo branco: propondo uma coisa nova". Aí está a síntese de sua poética, extrair novos poemas de poemas prévios. Trata-se de um procedimento conhecido como *blackout,* que consiste em ocultar partes de um texto, fazendo com que as palavras poupadas se destaquem e formem uma nova obra.

Em sua aparente simplicidade, para o *blackout* parecem convergir outros procedimentos que já se verificavam nas vanguardas do século XX, como a colagem, o *ready made,* o *objet trouvé,* a citação, o palimpsesto e, inclusive, a paródia. São procedimentos que justamente deslocam o núcleo da criação para fora do poeta, para manifestações precedentes da linguagem, complexificando noções como autoria, talento, beleza e originalidade, sobretudo por ampliar as possibilidades poéticas para além do discurso lógico e retilíneo. O *blackout* é um recurso recente, nascido em parte de uma das inúmeras crises da poesia, quando os processos de ruptura pareciam estagnados e a própria ideia de modernidade era questionada, em especial a ideologia do progresso e da invenção que atravessara o século. Diante de um aparente esgotamento, aquelas experiências mais radicais das vanguardas, devidamente assimiladas pelas demais artes, forneceram as ferramentas para mais uma vez se questionar a natureza e a apresentação da poesia. Talvez por isso, o *blackout* guarde alguma familiaridade com a experiência dadaísta de Tristan Tzara, que incluíra no poema um elemento estranho ao "gênio": o acaso.

É mais que conhecida sua receita de se pegar um jornal, cortar as palavras de um artigo, colocá-las num saco e, em seguida, retirar aleatoriamente uma a uma, anotando-as na ordem em que saírem, e aí estaria o poema, único e completamente original. Esse seria um parente mais velho e até mais radical, por certo, razão pela qual quase não se pode falar em poemas nascidos com essa inspiração, apenas da receita, ela própria muito inventiva. Voltando ao *blackout,* o que se percebe é que esse elemento arbitrário foi abolido, uma vez que o resultado tende a ser um poema estruturalmente familiarizado com a sintaxe do idioma, em vez do caos semântico que resulta da técnica dadaísta. Contudo, há outra diferença mais relevante que conta a favor dos *blackouts* de Pansani; a base de Tzara era um texto não literário, sem, portanto, as marcas do tabu da autoria. Se os primeiros exemplos de *blackout* esmiuçavam escritos do cotidiano, os de Pansani vão além, pois sua matéria prima são outros poemas, o que evidencia sua postura diante da poesia: "é o canto contra o canto que procuro". E aí talvez esteja um toque sacrílego para uns, iconoclasta para outros.

Todo poema é um arranjo de palavras e outros signos, com a diferença de que em uns, o maior grupo, cada poeta escolhe as palavras em seu dicionário interno, agrupando-as conforme as imagens se sucedem; outros escolhem as palavras que já estão registradas em outros suportes, reagrupando parte delas na busca da construção de um novo texto e uma nova função linguística. Às vezes esse agrupamento já está estruturado, bastando recortar, deslocar e fazer mínimas intervenções, algo que encontramos em Oswald de Andrade e Manuel Bandeira, por exemplo, outras vezes é preciso ir mais a fundo. Nesses dois exemplos modernistas, tanto o conjunto de poemas do descobrimento de Oswald quanto o "Poema tirado de uma notícia de jornal" de Bandeira são construídos a partir de textos preexistentes, mas em ambos há uma quebra na natureza dos escritos. Os poemas que surgem não carregam a mácula de plágio, cópia, imitação, falsificação ou diluição, ao contrário, são paradigmas da ousadia modernista.

Se os leitores, os críticos e demais poetas aceitam com alguma unanimidade a apropriação e o deslocamento de textos prosaicos que, assim como a *Fonte* de Marcel Duchamp, têm sua função completamente transformada, quando a mesmíssima operação se dá entre textos igualmente poéticos, as reações tendem a rumar no sentido oposto, rejeitam quase que em coro. O que está em jogo nesse caso é extração de um poema de outro poema, a criação sobre a criação. Antecipando com ironia prováveis objeções, Pansani explicita: "sou esta imitação de poeta e hei de preso ser". Jogando um pouco de gasolina nessa fogueira, não seria de todo errado dizer que, parafraseando o Pessoa, todo poeta é um imitador, a despeito da quase totalidade fingir não ser.

Não são nada incomuns poemas que se constroem dialogando com outros, recurso empregado desde a antiguidade, para que não se alegue que se trata de algo nascido ontem, pois a literatura configura uma segunda realidade, especialmente para os escritores, que têm na tradição um manancial de referências, ideias, imagens, personagens e conceitos que de tempos em tempos dão origem a novas obras. A intertextualidade ora é mais ora é menos visível, havendo quem exija aspas, notas e referência bibliográfica e outros que diluem tudo em uma única voz. A tarefa de decifrar os pontos convergentes quase sempre desperta o interesse dos intérpretes que se veem no desafio de reconstruir os meandros do diálogo. Essa sempre foi uma habilidade valorizada nos poetas, a não ser quando a citação se deteriorava em certo exibicionismo de erudição, algo tão inútil quanto qualquer adorno.

Com a eclosão das vanguardas as entranhas desses mecanismos de citação foram expostas, criando alguns ruídos no que antes se pautava por uma sofisticada troca. Não há dúvida de que a citação é uma ponte não apenas entre dois textos, mas entre dois autores e, mesmo, duas temporalidades, que devem preferencialmente ser lidas em conjunto. Quando passamos pelos *blackouts* de *Poesia é risco* fica nítido que não estamos no plano da citação, mas sim no da colagem, na qual o original deve simplesmente desaparecer, e mesmo quando não desaparece completamente, seja porque o poeta empregou uma tinta com alguma transparência, seja porque o modelo é bastante conhecido, o que importa é a escolha, o corte, a rasura e a montagem; o que importa é o novo texto, o poema de sua autoria. O teor dos jornais recortados e aplicados em telas por Picasso não são relevantes, assim como não são relevantes a existência anterior da roda de bicicleta de Duchamp, pois deslocados para o mundo da arte se convertem em outros objetos.

Toda fórmula poética implica limites à criação, o que vale para os sonetos ou os experimentos matemáticos do OuLiPo, e vale também para os *blackouts*, pois o poema necessariamente deverá ser escrito com um conjunto restrito de palavras, adicionando uma dificuldade a mais, a sequência do arranjo deve seguir a sequência inicial. O resultado depende necessariamente de uma certa dose de sorte, mas acima de tudo de uma imensa capacidade do poeta de conseguir arranjos inventivos, afinal o que se pretende não se reduz a uma intervenção pontual, mas à elaboração de um novo poema. Comparemos o "Vou-me embora para Pasárgada", que todos têm de memória, e o poema que Pansani extrai de suas palavras: "Vou embora feliz e demente de bicicleta contar as histórias da outra civilização". Ora, ambos os poemas apenas compartilham as mesmas palavras, mas não guardam nenhuma relação de sentido entre si. Essa operação posta em prática por Pansani, que consiste em apagar em parte o texto alheio e apropriar-se do restante ("por debaixo da roupa me habitam páginas de literatura alheia"), nos permite concluir que, enquanto nosso padrão habitual é escrever por adição, acrescentando palavras após palavra, a poética de Pansani se faz por subtração, pelo corte, pela exclusão. Como escrever se contrapõe a apagar, com *Poesia é risco* nos vemos diante de uma tinta secreta que talvez possa ser compreendida como uma poética negativa ou uma antipoética.

Agora, essa antipoética não se abstém de enfrentar os mesmos temas da poética convencional. Ao longo do livro nos deparamos com poemas que desenvolvem imagens afeitas à poesia contemporânea, das contingências históricas às quais estamos sujeitos, como "o vírus resiste a facas e flautas", no qual acentua o desolador período que atravessamos sem saber o que nos aguardava, que repercute também em "hoje o real cabe no futuro?". São poemas que só puderam ser encontrados em razão da experiência do presente, o que só reforça seu desprendimento em relação ao texto base. Não fosse essa independência criativa, seria impensável minerar poemas como "hoje fervi o presidente. Grande dia" ou "a democracia: mente para viver". E se lhe é permitido escrever sobre os acontecimentos, também lhe é permitido escrever sobre o amor ("teu ventre, um colibri persa em minha boca" ou "meu melhor poema erótico está na ponta da língua"), sobre cenas imaginárias que só a linguagem nos permite conceber ("a lua quieta e úmida na boca do peixe", "flutua a pedra num poço. — Pois é: vive assim", "nas axilas você há de desvendar vitórias-régias"), sobre a própria poesia ("o canto fazê-lo em cópia se vingando", "Tenho ideias de cortar com a caneta na mão limitações fico com as pessoas que estão evitando a linha de produção") e sobre sua própria voz ("Dentro? Ouço gritos" e "Agora exponho a imaginação reconquistada dos meus rivais").

Não menos importante que reagrupar as palavras, apreender o sentido das imagens verbais, há também outras leituras que seguramente tenderemos a fazer. O *blackout* nem sempre é absoluto, aqui e ali vislumbra-se o texto base, que permanece como um fantasma para assombrar o poema de Pansani. Como já dito, um e outro não guardam relação direta entre si, mas nossa curiosidade de leitor tende a vasculhar como o tabu foi quebrado e que eventuais resquícios podem ser encontrados. Há um Bandeira? Sim. Há um Vinícius? Também, acompanhado do Baden Powell, cuja parceria musical permanece na página. Por que tantos García Lorca? Alguma razão para não rasurar o nome *Poeta em Nova York*? Os números visíveis têm algum sentido velado? Já que o próprio Pansani se intitula "autor de grifos", não podemos deixar de considerar que essa sua poética negativa é também um exercício de plasticidade, pois é o gesto do poeta que está impresso, nos limites do grafite com os de um arabesco ou de um ideograma, o que o avizinha de uma poesia visual, pois se uns poemas têm sobre si um firme e fulminante traço, outros são mais permeáveis e condescendentes, que tanto apagam quanto iluminam, como uma tatuagem no papel. Em *Poesia é risco* presumimos erroneamente que a presença incômoda de uma gama diversificada de poetas irá interferir a cada página, porém ao final constatamos que, uma vez apagados, ou "oculto, igual as palavras no violino", só identificamos a ação efetiva de um único poeta, "gênio ontem, amanhã copista sem recato".

Paulo Ferraz

Agradeço à Associação Literária Nuoren Voiman Litto e à Residência Literária Villa Sarkia, em Sÿsma, Finlândia: este livro também se rascunhou ali.

Agradeço especialmente ao Augusto de Campos por ter ajudado a revolucionar a poesia brasileira. Foi dele que roubei o título desta obra.

Agradeço carinhosamente à equipe da Edições Jabuticaba: Angela Mendes, Cesare Rodrigues, Laura Del Rey e Marcelo Lotufo.

Ao Paulo Ferraz, por me ensinar poesia.

Por fim, agradeço a todas as pessoas que têm riscado e se arriscado comigo nas oficinas, esquinas e literaturas alheias: é tudo nosso.

Ah, e Pedro Colombo, *segue o plano*!

Poemas de Diego Pansani

Posfácio: Paulo Ferraz
Edição: Cesare Rodrigues e Marcelo Lotufo
Revisão: Cesare Rodrigues
Capa, projeto gráfico e diagramação: Angela Mendes e Laura Del Rey
Ass. design: Fernando Zanardo
Catalogação: Odilio Hilario Moreira Junior
Impressão e acabamentos: Navegar Gráfica, Jundiaí

Dados Internacionais de Catalogação na Publicação (CIP) de acordo com ISBD

P196p Pansani, Diego

Poesia é risco / Diego Pansani. - São Paulo : Edições Jabuticaba, 2023.
192 p. ; 15cm x 20cm.

ISBN: 978-85-93478-22-2

1. Literatura brasileira. 2. Poesia. I. Título.

CDD 869.1

2023-1563 CDU 821.134.3(81)-1

Elaborado por Odilio Hilario Moreira Junior - CRB-8/9949

Índice para catálogo sistemático:
1. Literatura brasileira: poesia 869.1
2. Literatura brasileira: poesia 821.134.3(81)-1

jabuticaba

/Edjabuticaba ~ @livrosjabuticaba
www.edicoesjabuticaba.com.br ~ livrosjabuticaba@gmail.com

FONTES: Carrara e Perfograma ~ PAPEL: Offset alta alvura
TIRAGEM: 1200 exemplares

Impresso em junho de 2023, em Jundiaí,
pela Navegar Gráfica.